Legizamon poligonoa
Gipuzkoa kalea, 31, 1. esk.
48450 Etxebarri
Tel.: 94 426 90 72

ISBN: 978-84-16839-13-1
Lege-gordailua: M-38564-2019
Printed in Spain - Espainian inprimatua

Lehen argitalpena: 2020ko iraila

Sailaren zuzendaritza:
Joseba Santxo eta Maite Malagón
Edizioa:
Ainhoa Basterretxea, Joseba Santxo eta Yolanda Caja
Errealizazioa:
Miren Pellejero eta Josu Goikoetxea
Zuzenketa:
Iraitz Urkulo
Arte-zuzendaritza:
José Crespo eta Rosa Marín
Proiektu grafikoa:
Marisol del Burgo, Rubén Chumillas, Julia Ortega,
Álvaro Recuenco eta Laura Ruiz

Liburu hau egiteko erabili diren lehengaiak birziklagarriak dira, eta jasangarritasunaren, ekonomia zirkularraren eta energia-kudeaketaren alorreko Europako arauak betetzen dituzte.

Xamaren herri magikoa

Josu Baranda «Txagu Magu»

Irudiak: Amaia Arrazola

begiko

Nire gurasoei, beraiek gabe hau guztia ez zelako posible izango.
Nire ilobei, benetako protagonistak direlako.
Nire familiari eta lagunei, ikusi ez arren, badakidalako beti ditudala hor, izarren antzera.
Iñakiri, ni animatzeagatik eta abentura berri honetan gidari lana egiteagatik.
Pablori, erronka hau berari esker sortu zelako.
Jagoba, Nagore, Johana, Ituiño, Naroa eta Altrius; zuei guztioi, istorio honi forma ematen laguntzeagatik.
Estitxuri, nire eguneroko bizitza magiko bihurtzeagatik.
Tiedra deritzon nire herri magikoko jendeari.

Herria

Iritsi gara!!!

Niretzat, herrira iristen garen momentuan hasten da uda. Urtero bezala, hantxe dira nire aitatxi-amatxiak, biak kaskazuri (tira, dagoeneko aitatxiri oso ile gutxi geratzen zaio), baina irribarre ederra ahoan. Hori bai, lasaitasun-egunak amaitu egin zaizkie. Amatxik, dena den, beti esaten du gu iristen garenean hasten direla udako egunik atseginenak. Otsoko ere hantxe dugu. Otsoko euskal artzain-txakurra da, eta ondoan izan dut herrian bizi izan ditudan abentura askotan. Otsokogandik gehien gustatzen

zaidana da bustita dagoenean otsoa ematen duela. Ura oso gogoko ez duen arren, ahal dudan bakoitzean garajean daukagun ureztahodiarekin goitik behera bustitzen dut: batetik, freskatzeko (herrian bero handia egiten du), eta bestetik, otso bihurtuta ikusteko. Baina ez pentsa, bustita dagoenean otso-itxura hartu arren, oso lasaia eta jolastia da, eta ez lioke sekula inori minik emango.

Bide batez, neure burua aurkeztuko dut: Xama naiz ni. Jaio nintzenetik deitzen didate horrela, eta asko gustatzen zait, ez dagoeta herrian izen hori duen beste inor. Zortzi urte ditut. Nire lagun batzuk baino apur bat altuagoa naiz, eta beste batzuk baino baxuagoa. Ilea gaztainkara dut, begiak bezalaxe, eta azala beltzarana, baina uda amaitzen denerako are beltzaranago jarriko zait, ooooso gustuko dut-eta eguzkitan egotea.

Aitatxi-amatxiei hamaika muxu eta besarkada eman eta gero, etxera joan gara maletak uztera. Maletak arropaz bete-beteta daude, ama, aita eta hirurok hilabete osoa pasatuko baitugu herrian. Eta ezetz asmatu nor izango dugun lagun. Lau hanka ditu, mihi luzea eta bihotz handia... Otsoko! Hilabete honetan ez da gugandik urrunduko. Izugarri maite dut!

Etxera heltzean, ohartxo bat ikusi dugu zoruan. Hemen ez daukagu postontzirik. Beraz, postaria datorrenean etxean inor ez badago, gutuna ate azpitik sartzen du beti.

Ohartxoan nire izena dago idatzita eta hauxe dio:

«Xama, laster zerbait garrantzitsua gertatuko zaizu. J.A.».

A zer misterioa! Nork utzi ote dit ohartxoa? Zer esan nahi ote du? Eta nor ote da J.A.?

Gurasoak ere harrituta gelditu dira. Batez ere, esan diedanean ez dakidala norena den oharra.

Papertxoa patrikan gorde dut eta logelara joan naiz lasterka. Hunkituta nago herrira etorri garelako!

Maleta logelan dago jada. Hortaz, lagunak ikusteko ordua iritsi da. Ez da beharrezkoa lagunei telefonoz hots egitea. Herrian daukagun gauzarik onenetakoa da hori. Ondotxo dakit beti lagunak non diren. Izan ere, lagun-talde guztietan gertatzen den bezala, magiaz-edo jakin ohi dugu lagunak non dabiltzan. Eta horrelaxe gertatu da: parkera iritsi naizenean, hantxe topatu ditut Ana, Aitor, Marta, Nagore, Martina,

Jon eta Paul. Lagun asko oraindik ez dira heldu, baina aipatu ditudanak beti izaten dira iristen lehenak, urtean zehar hemendik gertu bizi direlako.

Nire herriko gauza aberasgarrienetakoa da denok garela leku desberdinetakoak: Euskal Herrikoak, Bartzelonakoak, Madrilekoak, Galiziakoak, Sevillakoak eta baita Ceutakoak ere. Horregatik, etxera itzultzen garenean eskolan berriz hasteko, hainbat azentu nahasten ditugu hitz egitean, eta oso dibertigarria izaten da.

Betiko legez, lagun guztiak agurtu ditut, eta haiek, ohi bezala, istorio magikoren bat kontatzeko eskatu didate. Izan ere, ez dizut esan magia ikaragarri gustatzen zaidala, eta nagusiek ez bezala, nik benetako magia egiten dudala, hau da, beti ongi ateratzen dena. Baina lasai, zeuk ere egingo duzu magia. Ikusiko duzu!

Eta nire magiaren berri izan dezazuen, pasadizo bat kontatuko dizuet, aurten nire osabatxi maiteari gertatutakoa, Donejakue bidea egiten ari zela (nik *Osabatxi* esaten diot beti osabari). Jakingo duzuenez, Donejakue bidea oinez, bizikletaz edo zaldiz egin daitekeen ibilbide luzea da. Zaldiz egitea ez da erraza, zaldia eduki behar baita. Zaldia barik, bizikleta edukitzea ohikoagoa da; eta gainera, guztiok dakigu bizikletaz ibiltzen. Ibilbide hori egiten duten guztiei *erromes* esaten zaie, ibilbidea oinez, bizikletaz edo zaldiz eginda ere.

Orreagan hasten da Donejakue bidea, Nafarroako herri batean, eta Santiago de Compostelan amaitzen, Galizian, gutxi gorabehera 750 km egin ostean. Erromesek urte osoan zehar hartu ohi dute parte erromesaldi horretan, eta herrian gertatzen den moduan, bertan leku guztietatik etorritako jendea bildu ohi da. Baina, herrian ez bezala, Donejakue bidean biltzen diren lagunek ez dute elkar ezagutzen.

Batzuetan, baina, magiaren laguntzaz erromesen artean adiskidetasuna sortzen da betiko, eta hori nola gertatzen den azalduko dizuet.

Osabatxik kontatu zidan behin Donejakue bidea egiten ari ziren hainbat lagun bildu zirela ostatu batean afaltzeko, lau kontinente desberdinetakoak: europarrak, asiarrak, afrikarrak eta amerikarrak.

Orain denok adi, magia egingo dugu eta: *16 karta atera ditut poltsikotik, aldez aurretik 4 multzotan banatuak. Karta horiek aipatutako lau kontinenteetako herritarren irudiak dituzte (eskuragarri dituzu liburuaren amaieran, 115., 116., 117. eta 118. orrialdeetan. Moztu itzazu eta prest eduki hurrengo pausoak emateko).*

Kontatuaren arabera, osabatxi aterpetxe batera heldu zen erromes-menua afaltzeko asmoz (erromes-menua Donejakue bidea egiten dutenek jan ohi duten janari tipikoa da). Aterpetxe hartan, 4 mahai zeuden, bakoitza 4 aulkirekin; eta gelaren erdian bi dantzagune (*119. orrialdean dituzu mahaiak eta dantzaguneak*).

Osabatxi heldu bezain laster, 4 europar sartu ziren ostatura, eta mahai baten inguruan eseri.

Orain zure txanda:

-Jar itzazu europarren lau kartak ahuspez 119. orrialdeko 1. mahaiaren irudiaren gainean.

Handik gutxira, asiarrak iritsi, eta beste mahai batean eseri ziren.

-Jar itzazu asiarren lau kartak ahuspez 2. mahaiaren irudiaren gainean.

Azken erromes asiarra eseri eta berehala, afrikarrak iritsi ziren.

-Orain arte bezalaxe, jar itzazu afrikarren 4 kartak ahuspez 3. mahaian.

Azkenik, amerikarrek hartu zuten laugarren mahaia.

-Jar itzazu geratzen zaizkizun lau kartak ahuspez 4. mahaian. Hortaz, 4 multzo ditugu, bakoitza kontinente bereko 4 biztanlez osatua (europarrak, asiarrak, afrikarrak eta amerikarrak).

Halako batean, musika jarri zuten, eta 16 erromesak dantzan hasi ziren, denak batera.

-Hartu 1. mahaiko kartak eta jarri ahuspez 1. dantzagunearen gainean. Ondoren, hartu 2. mahaiko kartak eta jarri aurrekoen gainean, ahuspez horiek ere. Horren ostean, gauza bera egin 3. mahaiko kartekin, eta bukatzeko, berdin jokatu 4. mahaiko kartekin.

Musika entzuten zen bitartean, erromesak dantzan ari ziren etengabe.

-Osatutako multzo horretatik, hartu gainetik azpimultzo txiki bat kartak nahasi gabe (berdin da zenbat kartatako azpimultzoa den) eta jarri 2. dantzagunean ahuspez.

-Orain, hartu lehen multzoan gelditu diren kartak eta jarri, haien artean nahasi gabe, bigarren multzoaren gainean. Horrela, erromesen kartak nahasirik geratu dira.

Erromesek dantzan jarraitzen zuten, musika etengabe entzuten baitzen.

-Egin berri duguna kontrako noranzkoan egin behar dugu orain. Hartu 2. dantzaguneko karta batzuk eta jarri ahuspez 1. dantzagunean. Horren ondoren, jarri gainean falta diren karta guztiak. Horrela, kartak berriro nahasi ditugu.

Musika isildu zenean, erromesak beren eserlekuetara itzuli ziren.

-Orain, goitik hasita, hartu goian dagoen karta eta jarri ahuspez 1. mahaian, bigarren

karta 2. mahaian, hirugarrena 3. mahaian eta laugarrena 4. mahaian.

-Egin hori bera berriro: jarri goian dagoen karta ahuspez 1. mahaian, bigarrena 2. mahaian, eta berdin hirugarren eta laugarren kartekin.

-Egin hori bera hurrengo lau kartekin: lehena 1. mahaian, bigarrena 2. mahaian, hirugarrena 3. mahaian eta laugarrena 4. mahaian.

-Azkenik, egin gauza bera esku artean dituzun lau kartekin: lehena 1. mahaian, bigarrena 2. mahaian, hirugarrena 3. mahaian eta laugarrena 4. mahaian.

Magia orduantxe gertatu zen: azken erromesa eseri orduko, konturatu ziren ez zeudela hasieran bezala eserita (alegia, europarrak batera, asiarrak batera, amerikarrak batera eta afrikarrak batera); lau kontinenteetako ordezkari bana zegoen mahai guztietan!

-Orain, eman buelta 1. mahaiko karta guztiei, eta ikusiko duzu europar, asiar, afrikar

eta amerikar bana dagoela, eta gauza bera gertatuko da 2. mahaikoekin, bai eta 3. eta 4. mahaikoekin ere.

Magia egin duzu!!!
Benetako magia!!!

Erromesak hizketan ari ziren, nor bere mahaiko erromesekin, haien kulturaren berri izateko. Eta halako batean, musika jarri zuten berriro, eta erromes guztiek dantza egiteari ekin zioten ostera ere.

-Jarri 1. mahaiko kartak ahuspez, nahi duzun ordenan, 1. dantzagunean.

-Jarri gainean 2. mahaiko kartak (baina lehenengo mahaikoak jarri dituzun ordena berean, hau da, han europarra lehenengo jarri baduzu, hemen ere bai); ondoren, 3. mahaikoak ordena berean, eta azkenik, 4. mahaikoak ordena berean, denak ere ahuspez.

-Orain, lehen egin dugun bezala, kartak nahasiko ditugu, era honetara:

-Hartu karta batzuk eta, ondoren, jarri ahuspez 2. dantzagunearen gainean.

-Hartu lehenengo multzoan gelditzen diren kartak eta jarri bigarren multzoaren gainean; horrela, 16 kartak berriro ere nahasi ditugu.

Musika oso gogoko zuten denek, eta elkar ezagutu berri zutenez, dantzan jarraitu zuten.

-Hartu karta batzuk eta, ondoren, jarri ahuspez 1. dantzagunean, eta egin gauza bera gelditzen diren kartekin.

Apurka-apurka, musika isiltzen hasi zen, eta orduan erromesak esertzen hasi ziren, noren alboan suertatuko ziren jakin barik.

-Lehen egin dugun bezala, goitik hasita, hartu goian dagoen karta eta jarri ahuspez 1. mahaian, bigarren karta 2. mahaian, hirugarrena 3. mahaian eta laugarrena 4. mahaian.

-Egin hori bera berriro: jarri goian dagoen karta 1. mahaian, bigarrena 2. mahaian, hirugarrena 3. mahaian eta laugarrena 4. mahaian.

-Egin gauza bera hurrengo lau kartekin: jarri lehena 1. mahaian, bigarrena 2. mahaian, hirugarrena 3. mahaian eta laugarrena 4. mahaian.

-Azkenik, errepikatu prozedura esku artean dituzun lau kartekin: jarri lehena 1. mahaian, bigarrena 2. mahaian, hirugarrena 3. mahaian eta laugarrena 4. mahaian.

Hura harridura-aurpegia erromesena, gertatu zena ikusi zutenean: hasieran eseri ziren bezalaxe zeuden berriro; hau da, europarrak batera, asiarrak batera, amerikarrak batera eta afrikarrak batera. Orain, ordea, lehen baino askoz aberatsagoak ziren, oso leku desberdinetako hainbat pertsona interesgarri ezagutu baitzituzten; bai eta beste kultura batzuei buruz ikasi ere!

Kuadrilla eta txokoa

Beste egun bat argitu du herrian, eta nik jada ez dakit zer egun den ere, hemen denbora oso azkar pasatzen baita. Goizean goiz eguzkia «egun on» esatera leihotik sartzen zaidanetik aurrera, galdu egiten dut denboraren erreferentzia. Hori bai, gosaltzera joaten naizenerako, gurasoak hor ibiltzen dira aspalditxo jaikita, eta nola ez, Otsoko ere zain izaten dut atean, biok batera gosaltzeko, beti bezala.

Gaur, gurasoek esan didate txokora joango garela bazkaltzera. Txokoa da gurasoen kuadrilla edo lagun-taldearen biltokia.

Hemen kuadrilla guztiek daukate txokoa, eta txokoaz gain, baita izen berezia ere.

Esaterako, gure gurasoen kuadrillari *Gaztelu* deitzen diote. Izan ere, herrian gaztelu bat ere badugu. Ia egunero joaten gara bertara. Oso handia da eta muino baten gainean dago. Handik goitik primeran ikusten da dena, baita kilometro askotara dauden tokiak ere.

Gosaldu, ohea egin eta kalerako arropa jantzi ondoren, amak gogorarazi dit gaur bazkaria dugula, eta ez berandutzeko erregutu dit.

Nik erantzun diot:

—Bai, ama, ez kezkatu. Dagoeneko 8 urte ditut...

Orduan, bizikleta hartu, eta lagunen bila joan naiz. Ziur asko, lagunen bat topatuko dut betiko lekuan. Halaxe da. Hor dabiltza zabuetan jolasten. Di-da, bizikleta hondarretan utzi, eta Otsoko eta biok haiekin jolasten hasi gara.

Bost minutu geroago, urrutitik entzun dut:

—Xama! Xama! Zatoz bazkaltzera, berandu da eta!

Antza denez, bost minutu baino askoz gehiago pasatu dira, eta horregatik, aita etorri da nire bila.

Txokora heldu garenean, lehengusua nigana hurbildu da, eta esan dit:

—Tori, Xama. Aspalditik eman nahi nizun hau, baina ahaztuta egon naiz.

Hori esanda, paper tolestu bat eman dit, herrira iristean atepean topatu nuenaren antzekoa. Ireki egin dut, eta hauxe dio:

«Xama, zurekin hitz egin behar dut. J.A.».

Lehengusuari erakutsi diot, eta esan dit ez dakiela norena den, ezta amaierako J.A. letrek zer esan nahi duten ere.

Intriga gero eta handiagoa da. Izan ere, ez da behin gertatutako kontua. Zer esan nahi ote du honek guztiak?

Dena den, berehala ahaztu zait oharren kontua, txokoko bazkariak oso entretenigarriak izaten direlako. Gure txokoa nire lehengusuen lokal batean dago. Bertan, belarrezko lorategi karratu bat dago: alde bakoitza ni halako bost edo izango da luzetara (nire altuera bost aldiz), eta erdian, zuhaitz handi-handi bat dago. Han janari guztia barbakoan prestatzen dute, egurraz eta suaz, eta beraz, ederra izaten da! Txarrena da jan ondoren gurasoak-eta gaztetako kantak abesten hasten direla hauspo betean, eta batzuetan desafinatu egiten dutela. Tira, egia esan, askotan desafinatzen dute. Horregatik, haurrok alde egiten dugu, ez entzuteko. Baina ia ezinezkoa da ez entzutea, hain abesten dute ozen!

Oraingo honetan, kontatu berri dizuedana gertatu da, baina aldentzen ari garela ikustean, gurasoetako batek esan dit:

—Xama, etorri eta egin magia-trikimailu bat, mesedez!

Beste guztiak txaloka eta oihuka hasi dira: «Magia, magia!». Hortaz, esan diet:

—Magia-trikimailu bat egin beharrean, iragarpen bat egingo dizuet.

Iragarpen bat egitea gero gertatuko den zerbait aurrez esatea da. Badaezpada diotsut, jakin dezazun.

Magia-trikimailu bat egiteko eskatu didan gurasoari esan diot denok ezagutzen dugun norbaitengan pentsatzeko, eta nik norengan pentsatzen ari den asmatuko dudala. Orduan, paper tolestu bat atera dut sakelatik eta mahai gainean utzi dut ahuspez. Eta esan diet amaierara arte ez dudala ukituko. Hortxe dagoela iragarpena!

Ederra litzateke haien aurpegien argazkia egitea papera mahaian jarri eta amaierara arte ukituko ez dudala esan diedan unean, kar-kar-kar!

Misterioz betetako segundo batzuk igaro ondoren, galdetu diot ea dagoeneko pentsatu duen denok ezagutzen dugun norbaitengan, eta erantzun dit:

—Bai!

Orduan, eskatu diot hiru arte zenbatzen dudanean ozen esateko pertsonaren izena.

—1, 2 eta 3! Nor duzu buruan?

—Anbrosio, herriko tabernaren jabea.

Eta nik esan dut:

—Banekien!

Orduan, harrituta gelditu dira denak, zur eta lur!

Mahai gainean utzitako papera hartu, eta esan dut:

—Ikusi duzue Anbrosioren izena esan aurretik utzi dudala papera mahai gainean, ezta? Ba, flipatu egingo duzue Anbrosioren argazkia ikusten duzuenean!

Batzuek burura eraman dituzte eskuak, beste batzuek ahora, eta batek begietara, Anbrosioren argazkia azalduko zenik sinetsi ezinda. Papera zabaltzen hasi naiz, poliki-poliki, eta argazkia erakutsi aurretik, serio-serio esan dut:

—Hona hemen Anbrosioren argazkia!

(Begiratu 120. orrialdeko argazkiari).

Segundo batzuk itxaron ondoren, argazkia erakutsi diet, esanez:

—Hauxe da Anbrosio... hiru hilabete zituenean!

Orduan, barre-algaraka eta txaloka hasi dira denak.

—Berotzeko txantxa baino ez da izan —argitu diet—. Benetako iragarpena oraintxe egingo dut.

Arkatza eta papera hartu ditut, eta zortzi gurasori eskatu diet 1etik 8ra bitarteko zenbaki bana esateko, bata eta zortzia barne direla. Baina zenbakirik errepikatu gabe. Gurasoak mahaian eserita non dauden, halaxe jarriko ditut esaten dizkidaten zenbakiak.

Ama aurrez aurre dut, eta berari galdetu diot lehendabizi:

—Ama, esadazu 1etik 8ra bitarteko zenbaki bat.

—1 zenbakia —esan du amak.

—Orain zuk, aita —eskatu diot aitari, amaren ondoan baitago.

—4 —esan du aitak, bere ahots bitxiaz.

Mahai inguruan eserita dauden guraso guztiei galdetu diet.

3, 6 , 5 , 8 , 7 eta 2 erantzun didate. Hortaz, mahaia honela gelditu da:

1

2 4

7 3

8 6

5

—Orain, haurren txanda da. Bost haur gara, baina nik ez dut parte hartuko, ikus dezazuen ez dagoela tranparik. Beraz, zuek lauron artean 1etik 8ra bitarteko zenbaki bakar bat esatea nahi dut.

Jendea pentsatzen ari dela ematen du.

—Orain, erabaki duzuen zenbaki horretatik hasita eta erloju-orratzen noranzkoan, zenbaki horrek berorrek adierazten duen unitate kopurua zenbatuko dugu; horrela, ateratzen den zenbakia ezabatu, eta ezabatutako zenbakiak adierazten duen unitate kopurua zenbatuko dugu berriz, betiere ezkerretik eskuinerantz (zenbatzerakoan, noski, ez ditugu kontuan hartuko ezabatutako zenbakiak). Eta hori bera egingo dugu, harik eta zenbaki bakarra gelditu arte.

Zuk, irakurle, gauza bera egin dezakezu. Zer zenbakirekin hasi nahi duzu?

Esan zenbaki bat, eta jarraitu aipatutako urratsei.

—Zer zenbaki atera zaizue azkenean...? Egon! Ez esan! BOST axola zer atera zaizuen, hasieratik esan dizuet-eta iragarpen bat egingo nuela (barkatu zakarkeria, baina trikimailuaren parte da).

—Bada, hona hemen nire iragarpena: atera zaizuen zenbakia –aurreko pasartean zeharka adierazi dizuedan moduan– hemen

gauden umeon kopurua da, ni barne, noski.
Hau da:

BOST!

Gaztelua

—Xama, ba al dakizu zer egun den gaur? —galdetu dit amatxik.

—Zer egun da, ba? —erantzun diot.

—Gaur San Lorentzo da, ozar-izar eguna, alegia! —esan du guztiz zirraratuta.

—Ozar-izar? Benetan? Iufalaaa! —oihukatu dut, aulkitik jaikiz batera.

Ahaztuta neukan, baina gaur udako egunik onenetakoa da; izan ere, gauez, herriko gaztelura joaten gara ozar-izarra ikustera, hau da, izarren euria. Izar uxoak egunero ibiltzen dira zeruan, baina gaurko egunez inoiz baino hobeto ikusten dira izar iheskor horiek!

Gaztelua herrian dago, baina erdigunetik aldenduta, muino batean. Handik goitik izarrak primeran ikusten dira, herriko argi eta faroletatik urrun.

Di-da, bizikleta hartu eta lagunen bila abiatu naiz, izarren kontua lehenbailehen zabaltzeko. Gaur, dagoeneko ia lagun guztiak daude herrian. Haiengana iritsi aurretik, sekulako oihua bota dut, eta jendea begira gelditu zait:

—Aizue, ba al dakizue gaur zer egun den?

—Baiiiii! —erantzun dute denek aho batez—. San Lorentzo dugu gaur!

Batzuei gurasoek eman diete egun horren berri, eta beste batzuei, aitona-amonek. Ez galdetu zergatik, baina aitona-amonek eta gurasoek beti dakite dena. Hori bai dela magia!

—Tira, zer desira eskatu pentsatzen hasi beharko dugu —esan diet.

Tradizioaren arabera, izar uxo bat ikusten duzun bakoitzean, desira bat eskatu behar duzu. Baina isilka, noski. Izan ere, ozen esaten baduzu edo norbaiti esaten badiozu, orduan ez da beteko.

Arratsalde osoan aritu gara hizketan, aurreko urteetako ozar-izarrak gogoratzen. Batzuek esan dute iaz izar uxoak ikustean eskatutako desirak urtean zehar bete zaizkiela, eta bete egin zaizkienez gero, libre daudela kontatzeko. Hainbat gauza desiratu zituzten, hala nola futbol-partidetan golak sartzea, Matematikan bikain ateratzea, gurasoek lehenbiziko aldiz Port Aventurara eramatea, edo beren hirian elurra ikustea eta elurrezko panpina egitea.

Izarrak ikusteko leku on bat hartzeko, goiz joan gara afaltzera. Izan ere, gau honetan, jende asko igotzen da gaztelura, izar uxoak ikusteko leku onenetakoa baita. Eta egun berezia denez, etxean egin dugun afaria ere berezia izan da.

Egunero neu arduratzen naiz mahaia atontzeaz. Batzuetan, gurasoekin bakarrik afaltzen dut. Beste batzuetan, aitatxi-amatxiak edo lehengusuak etortzen dira, eta noizean behin, auzoko batzuk ere etortzen dira. Bestetan, neu joaten naiz auzoko edo lagun baten etxera afaltzera.

Gaur, 3 bakarrik gaude, eta gainerako etxeetan bezala, denok nahi dugu azkar afaldu, gero ikuskizunaz gozatzera joateko.

Afaria aitak egin du, eta bien bitartean, amak izarrak ikustera joateko *kit*a prestatu du:

1. Esku-argia: zeruan ez dago hodeirik, eta ongi ikusten da izarren argiarekin, baina ondo dator beti esku-argia eramatea, badaezpada ere...

2. Tapaki bat: berotzeko (batzuetan goizeko ordu biak edo hirurak arte egon izan gara-eta) edo haren gainean etzateko; izan ere, gaztelua lurrez inguratuta dago, eta leku batzuetan ia ez dago belarrik (abuztuko beroaren eraginez, belarra lehortu eta murriztu egiten da zelai guztietan).

3. Botilatxo bat ur, egarria asetzeko.

4. Galleta batzuk: ikuskizuna hasterako, batzuetan gosetu egiten gara...

Dena prest!

Badakit janaria irentsi aurretik ongi murtxikatu behar dugula. Gurasoek mila bider esan didate hori. Baina gaur mauka-mauka jaten nabil, ozar-izarra ikusteko irrika biziz nabil eta!

Afaldu ondoren, mahaia batu dut. Nire zeregina da beti mahaia atontzea eta batzea. Mahaia batu ondoren, izarrak ikusteko kit osoa hartu dut.

Gaztelurantz abiatu gara.

—Zortea izan dugu —esan diet gurasoei—. Iristen lehenetakoak gara.

Gauza onena da jende asko joaten dela, eta herriak antolatutako jarduera bat ematen duela. Denok gaude gazteluaren inguruan. Lurrean etzan naiz, eta nire lagunez eta ikaskideez gogoratu naiz. Magiaz betetako gau zoragarri hau mundu osoan batera gertatzen da. Hortaz, une honetan, nire herria ez ezik, mundu osoa dago izarrei begira.

Paul gerturatu da, eta esan dit ezezagun batek paper bat eman diola niretzat. Esan omen dio presaka zebilela eta ezin zela ozar-izarra ikusten gelditu, baina mesedez niri papera emateko, presazkoa zelako.

Paperean hauxe jartzen du:

«Xama, jarri nirekin harremanetan lehenbailehen. J.A.».

—Paul, nolakoa zen hau eman dizun pertsona?—galdetu diot.

—Oso misteriotsua —erantzun du—. Bizar luzea zuen, tunika ilun bat zeraman, orkatiletaraino iristen zitzaiona, eta betaurrekoak zituen, bai eta kapela bat ere.

Gero eta jakin-min handiagoa dut. Nor ote da J.A. hori? Paulek ez du ezagutu oharra jasotzean, eta inguruan zegoen jendeari galdetuta, inork ez omen du inor ikusi Pauli ezer ematen. Mamu bat izan dela ematen du. Bestetik, J.A. izen baten inizialak badira, norenak ote? Herrian bada Jon izeneko mutil bat, baina haren abizena ez da A letraz hasten, eta izen konposatua ere ez dauka, adibidez, Jon Ander, edo Jon Andoni. Honek ere magia dirudi!

—Xama, zergatik ez diguzu magia-trikimailu bat egiten, izar-euriari itxaroten diogun bitartean? —esan dit atzealdetik ahots batek.

Jiratu naizenerako ez dut inor ikusi. Izan ere, jende asko biltzen gara ikuskizun honetara, eta nahaste-borraste handia egoten da hemen. Une batez pentsatu dut ohar-emaile misteriotsua izan dela, eta alderik alde begiratu dut azkar-azkar ea begiz jotzen nuen. Alferrik, baina! Hemen gauden guztiok ezagunak gara. Hortaz, mamu horren kontua oraingoz ahaztu eta magia-trikimailuan zentratu naiz. Imajinatzen nuenez norbaitek magia-trikimailuren bat egiteko eskatuko zidala, etxean prestatutako orri bat ekarri dut izarrak ikusteko kitean. Horretara, egun magiko honetan gure magia ere presente egongo da.

Iluntzen hasi da, baina esku-argiaren laguntzaz berehala topatu dut etxean prestatutako orria.

Hara nolakoa den orri hori eta nola prestatu dudan: orri zuri arrunt bat hartu eta lau aldiz tolestu dut erditik, eta ondoren, toles guztiak destolestu. Paperean 16 laukitxo geratu dira nolabait markatuta. Gero izartxoak marraztu ditut lauki horietako batzuetan, ez guztietan, orriaren alde batean eta bestean (eredua liburu honen 121. orrialdean daukazu). Eta kito! Prest daukagu orri magikoa!

Argi gutxiko giro hau oso aproposa da honelako magia-trikimailuak egiteko. Baina bat-batean, neska bat hurbildu zait eta hauxe esan dit:

—Xama, azkenean egingo al diguzu magia-trikimailua, ala ez?

—Hara, hara! Zu al zinen lehen magia-trikimailu bat egiteko eskatu didana?

—Bai, zer ba?

—Bada, uste nuen mamu bat izan zela, bat-batean desagertu zarenez...

—Kar-kar-kar! Ez naiz mamua, Irati baizik. Baina zu ez zara magia egiten dakien

bakarra! Orain agertu, orain desagertu. Horra hor nire magia!

—Horretan arrazoi duzu, Irati! Bereha-la desagertu zara arrastorik utzi gabe. Eta nola dakizu nire izena, ba? Zure aurpegia ez zait ezagun...

—Hau da nire lehenengo uda hemen. Baina herrira iritsi nintzenetik, behin bai-no gehiagotan entzun dut zure izena. Txun-dituta dituzu denak zure magiarekin.

—Benetan? A zer berri pozgarria! Or-duan, orain zeu txunditzea falta zait. Prest zaude trikimailu zoragarri batean parte hartzeko?

—Jakina! Irrikaz nago.

—Bada, hartu orri hauxe (prestatuta ekarri dudan orria eman diot). Ikusten du-zunez, izartxo batzuk ditu marraztuta han-hemen. Bada, orain, erditik tolestu, aurre-rantz edo atzerantz, nahiago duzun eran.

—Eginda! Eta orain?

—Orain beste norbaiti pasatu orria, hark ere erditik toles dezan.

—Eta ondoren?

—Ondoren, hark beste bati pasa diezaiola, eta gauza bera, erditik toles dezala,

aurrerantz edo atzerantz. Eta ostean laugarren bati pasatu behar zaio, hark ere gauza bera egin dezan, hau da, erditik tolestu, berak nahiago duen aldera.

—Baina beste jende bati pasatuta, trikimailua ez da ongi aterako...

—Nire trikimailuak beti ateratzen dira ongi, nik bene-benetako magia egiten dudalako!

—Horren ziur bazaude, ekin diezaiogun, ba!

Minutu batzuk geroago...

—Eginda! Orain zer egin behar dut, ba, orri supertolestu honekin?

—Orain lehengo orria laukitxo baten tamainan geratu zaizu. Bada, hartu artazi hauek eta moztu lauki horren lau ertzak, lauki guztiak solte gera daitezen.

—Uf! Pixka bat kostatu zait, baina badago. Eta orain, zer?

—Orain, goazen tapakian esertzera eta egin dezagun azken urratsa. Hara! Orain hartu laukitxo horiek guztiak, eskuan dituzun ordena berean, eta goitik hasita, joan ipintzen banan-banan tapakiaren gainean. Zer ikusten duzu?

—Eneee!!! Izar guztiak jarraian agertzen dira, bata bestearen atzetik.

—Hori, ba! Ozar-izarra hemen ere!

—Eta nola da posible, hainbeste eskutatik pasatu eta gero?

—Esan dizut, ba, benetako magia dela nirea. Beti ongi ateratzen dena. Txunditu al zaitut?

Baina azken galdera hori hutsari egin diot, nire lagun berria desagertu egin baita, berak dakien moduan.

Halako batean, batek oihuka esan du:

—Izar uxo batek zerua zeharkatu berri du!

Hortaz, berehala etzan gara denok, ikuskizunaz gozatzeko. Baina oraingoan, ikuskizun magikoa paperean gertatu beharrean, zeruan gertatuko da, izar uxoen euriaren bitartez.

GORA OZAR-IZARRA! HAU DA IKUSKIZUN MAGIKOA!!!

Iturri magikoa

—Zer iruditzen iturri magikora bagoaz? —galdetu du Jonek.

—Ideia bikaina! —erantzun dut nik.

—Aurten ez gara joan oraindik —esan du Anak.

Beste guztiei ongi iruditu zaie, beraz, badugu arratsalderako plana. Leku hori magikoa da. Badago iturri bat urte osoan ura isurtzen duena, eta harrigarriena da ura ez dela bertara heltzen hodien bidez: ura magikoki ateratzen da iturritik une oro, eta ez da inoiz agortzen. Izugarria da!

Ordua ere jarri dugu ibilaldia egiteko: 16:38an gelditu gara herriko plazan. Agian jakin nahi izango duzu zergatik ez garen ordu biribil batean geratu. Erantzuna zera da: gauzei geure ukitua ematea gustatzen zaigu. Eta gainera, ordu hori 16:30 edo 16:45 bezain biribila da (erlojua biribila baldin bada, behintzat ☺).

—Denok gaude jada! —esan du Jonek, ordulariak adostutako ordua jo duenean.

Hortaz, bizikletetara igo, eta iturri magikorantz abiatu gara. Iturri magikoa herriaren kanpoaldean dago, gutxi gorabehera 23 minutura bizikletaz. Normalean, batzuek denbora gehixeago behar izaten dute, eta beste batzuek gutxixeago, baina denok batera joaten garenez, batera iritsi ohi gara.

Hara heltzeko, herria zeharkatu behar da, eta haraino eramaten duen legarrezko edo hartxintxarrezko bidea hartu. Iritsi aurretik, zenbait iturriren ondotik pasatu behar da.

Gu iturri horietako batean geratu gara eta biderako ur pixka bat hartu dugu. Baina gutxi, iturri magikoraino heltzeko behar duguna baino ez, ur hau arrunta delako, hau da, hodien bidez iristen delako iturri horietara. Iturri magikoko ura nahi dugu guk. Hara iristen garenean, bizikletako botila osoa beteko dugu. Izan ere, hango ura magikoa denez, zapore hobea du, eta fresko-fresko dago beti.

Pentsa: herriko pertsona batzuk egunero joaten dira haraino ura hartzera, gero etxean edateko. Eta botila handiak eramaten dituzte, bizikletako botilatxoak baino askoz handiagoak.

Bidean Aitor txisteak kontatzen aritu da. Eta onena da, jada hainbat aldiz kontatu dituen arren, grazia handia egiten digutela, batik bat kontatzeko moduagatik. Oso ona da Aitor txisteak kontatzen! Jende ospetsua imitatzen ere badaki.

—Gutxi gelditzen da ja! —esan du Anak. Abiatu garenetik pelotoi-burua da, eta pedalei eragitea kostatzen zaien alferrak animatzen aritu da.

Iturri magikora iristean, bizikletak lurrean utzi, eta azkar-azkar joan gara ur magikoa edatera.

Jada ez nintzen gogoratzen zeinen goxo dagoen. Nahiz eta ura baino ez izan, fresko-fresko dago, eta pedalei hainbeste eragin ondoren, oso ongi sartzen da.

Ura edan eta gero, paper bat ikusi dut, plastiko batean bilduta. Atentzioa eman dit. Gerturatu, eta ikusi dut zera jartzen duela: «Xamarentzat».

Halakorik! Hemen ere? Jaso ditudan beste oharretako idazkera bera du. Zenbat denbora ote darama hemen? Euririk egin ez duenez eta bilduta dagoenez, papera egoera onean dago.

Hau da hau irakurtzeko gogoa! Zer ote dio oharrak oraingoan? Berehala gerturatu, plastikoa kendu eta destolestu egin dut, zer jartzen duen ikusteko.

Orduan, hauxe irakurri dut:

«Xama, oso premiazkoa da elkar ikustea. J.A.».

Gero eta jakin-min handiagoa dut oharren kontua dela eta. Zergatik idazten ote dit bere burua ezkutatu nahi duen batek? A zer gogoa oharren kontuarekin sortzen ari diren misterio guztiak argitzeko!

Kontuari hainbat buelta eman diot, baina ez dut ondoriorik atera, eta orduan lagunen alboan eseri naiz, biribilean. Berehala hasi gara askaria ateratzen. Elkarrekin norabait joaten garenetan, zerbait eramaten du bakoitzak, eta denon artean partekatzen dugu. Gaur, gauza ugari ditugu askaltzeko: enpanada, patata-tortilla, ogia txorizoarekin, gazta, patata frijituak, txokolatea, eta beste hainbat jaki.

Zeinen zapore ona duten jakiek partekatzen ditugunean. Berdin dio bakoitzak zer eramaten duen: denok eramaten dugu zerbait, eta gainera, bakoitzak zerbait desberdina. Dena da goxo-goxoa!

Isiltasuna nagusitu da, denok dugu-eta janaria ahoan. Eta entzuten den bakarra ura da, iturritik erortzen. Eta txoriren bat, zain dagoena ea janari apurren bat erortzen zaigun, ziztu bizian hartu eta hegan eramateko.

Hasieran badirudi janari asko dagoela, baina poliki-poliki desagertu egiten da. Orain patata frijitu gutxi batzuk besterik ez da gelditzen, eta orduan esan diet:

—Nahi al duzue istorio magiko bat kontatzea?

Eta denek erantzun didate, ahoa beteta:

—BAIIIII!!!

Orduan, paper bat atera dut poltsikotik, destolestu dut eta askaltzen hastean osatu dugun biribilaren erdian jarri dut.

—Ahalik eta gehien hurbilduko gara elkarrengana —esan diet.

Guztira, 14 gaude. Beraz, elkarrengana ahalik eta gehien gerturatu ondoren, erdian jarri dut nirekin ekarritako papera. Paper hau ongi ikus daiteke edonondik. Izan ere, marrazkiak baino ez ditu, eta ez du ez hasierarik, ez amaierarik. Honelako lauki bat da:

«Hau 14 lagunen istorioa da. Bakoitza leku batean bizi zenez, ez zuten maiz elkar ikusten. Lagun handiak izateaz gain, bazuten ezaugarri komun bat: bizi ziren leku guztietan iturriak zeuden, baina denak desberdinak.

—Erreparatu arretaz orrian ageri diren iturriei —esan diet, zuri, liburua irakurtzen ari zaren horri, esaten dizudan bezalaxe.

Lagun horiek bizi ziren lekuetan, iturriak ez ezik zabuak ere bazeuden, herri eta hiri guztietan bezala.

—Orain, hautatu orriko iturri bat ibilbide magikoa hasteko. Ondoren, zoazte iturri horretatik, gezi beltzen norabideetan mugituz, nahi duzuen zaburaino.

Ura iturri desberdinetan edan eta zabuetan ibili ondoren, lagun guztiek, jakin gabe, bizikletak hartzea erabaki zuten.

—Beraz, zaudeten zabutik, zoazte, gezi zurien norabideetan mugituz, gehien gustatzen zaizuen bizikletaraino.

Une horretan, 14 lagunek sentsazio berezia sentitu zuten barnean, zerbait magikoa. Izan ere, oso leku desberdinetan egon arren, lotura moduko bat zuten. Orduan...

—Zaudeten bizikletatik, zoazte diagonalean edozein bidetara.

Bakoitza bide desberdin batean zegoen arren, oso gertu sentitzen ziren denak elkarrengandik. Une horretan...

—Gezi beltzen norabideetan mugituz, zoazte zaudeten bidetik gertuen dagoen iturrira.

Eta orduan, MAGIA GERTATU ZEN BERRIZ ERE! Benetan garrantzitsua da laguntasuna, eta horregatik, elkar ikusi ez arren, elkarri lotuta gaude magikoki.

—Hitz magikoak esaten ditudanean, amaieran zer iturritara iritsi garen, iturri horixe ukituko dugu. Gogoratu denok hasi garela iturri jakin batean, bakoitzak nahi izan duen iturrian. Gero, iturrian ur pixka bat edan ondoren, gehien gustatu zaigun zabura joan gara jolastera. Ondoren, bizikletak hartu, eta geuk aukeratutako bideari jarraituz, magiak iturri bateraino eraman gaitu. Zuetako bakoitzak iturri bat hautatu du. Eta orain ikusiko dugu hautaketa hori magikoa den ala ez. Orain, nik hitz magikoak esango ditut, eta zuetako bakoitzak hatzez seinalatuko du zer iturritan amaitu duen ibilbidea. Prest? Arrikitaun-taun-taun!

Orduan, denok jarri dugu hatza, non eta ITURRI BEREAN; alegia, zu oraintxe pentsatzen ari zaren iturri berorretan. Iritsi gara, bada, benetako iturri magikora! (*Ikusi soluzioa 123. orrialdean*)».

Egun bat igerilekuan

A zer beroa egiten duen!

Gaur goizean, maindirerik gabe esnatu naiz ohe gainean.

Maindireak behearen gainean zeuden, ohe ondoan botata. Nabari da udan gaudela, eta eguzkiak goiz-goizetik berotzen duela, eta gogotik!

Sukaldera jaitsi, eta gurasoekin egin dut topo. Zer gosaldu nahi dudan galdetu didate, eta erantzun diet:

—Esnea txokolatearekin, baina hotza. Gaur, ez dut berotu nahi.

Orduan, barrez hasi dira biak aldi berean. Hortaz, harritu aurpegia jarri dut.

—Txistea esan al dut? —galdetu diet.

—Ez, Xama —erantzun didate—. Guk ere kafea hotzik edan dugu, sekulako beroa egiten du eta.

—Kar-kar-kar!

Hirurok hasi gara barrez, eta une horretantxe Otsoko sartu da, eta begira gelditu zaigu, zera pentsatuko balu bezala: «Zergatik ari ote dira barrez?».

—Pentsatu dugu gaur bero handia egiten duenez igerilekura joan gaitezkeela eguna pasatzera —esan dit amak.

—BAIIIII!!!! —erantzun diot.

Izugarri gustatzen zait igerilekura joatea eta orduak eta orduak ematea uretan jolasean. Herriko igerilekua oso ongi dago. Izan ere, txikia da, eta normalean herrikook baino ez gara egoten. Gosaldu ondoren, ziztu bizian igo naiz neure logelara, igerilekura joateko gauzak prestatzera.

Bizkar-zorroa hartu, eta egun ederra pasatzeko behar dudan guztia bertan sartzen hasi naiz. Herrian, egun guztiak dira ederrak, baina igerilekura joaten garen eguna berezia izaten da.

—Eskuoihala...

—Bainujantzia...

—Uretako betaurrekoak... (hori da garrantzitsuena).

—Igerilekuko txanoa... (igerileku honetan nahitaezkoa da).

—Bisera...

—Magia egiteko gauzak... (gero esango dizuet zertarako).

Aitak, berriz, beste hauek eramango ditu: eguzkitako krema, tortilla-ogitartekoa (oso ondo ateratzen zaio) eta hozkailu eramangarria, postrerako fruta pixka bat eramateko (egiten duen beroarekin, fruta freskoa goxo-goxo sartzen da). Azkenik, askaltzeko,

Roberrek igerilekuan daukan dendatxoan izozki bat hartuko dugu, ohi bezala.

—Xama, amaitu al duzu? —entzun diot amari galdetzen.

—Bai, oraintxe jaitsiko naiz! —erantzun diot.

Esan eta egin. Di-da batean, guztiz prest agertu naiz, magia-emankizunetan bezala. Onartu beharra daukat pixka bat kostatzen zaidala prestatzea (gurasoek diote aaasko kostatzen zaidala), baina gaur, adibidez, ez dut denbora askorik behar izan.

—Tira, goazen —esan dit aitak.

—Itxaron. Joan aurretik zerbait egin behar dut... —esan diot.

Otsokorengana gerturatu, estu-estu besarkatu eta eztiki esan diot:

—Otsoko, gaur aitatxi-amatxiekin gelditu behar duzu. Sentitzen dut, baina ezin zara igerilekura etorri.

Batzuetan iruditzen zait esaten diodan guztia ulertu egiten duela. Izan ere, buelta eman, eta etxerantz joan da haiekin txintxo-txintxo.

Ez ote da magia hori ere? Igerilekura iritsi gara, eta badirudi lagun guztiok ados jarri garela gaur etortzeko, baina berez, ez dugu elkartzeko planik egin. Egia esan, hitzik ere ez diogu elkarri egin. A zer konplizitatea!

Haiengana gerturatu bezain laster, eta eskuoihala bizkar-zorrotik atera gabe, ozen galdetu dut:

—Ba al dator norbait uretara?

—Jakina! —esan du Paulek.

—Goazen! —erantzun du Nagorek.

—Ni ere banoa! —esan dute beste bik aldi berean.

Eta azkenean ia denok joan gara uretara. Lasterketa ematen zuen. Hain azkar joan garenez, gu ikusi bezain laster, soroslea gugana etorri da, eskuarekin STOP eginez, eta serio samar esan digu:

—Ez ahaztu uretara sartu aurretik dutxatu egin behar duzuela...

Hortaz, denok norabidea aldatu, eta igerilekurantz jo beharrean, dutxarantz jo dugu.

Busti ondoren, uretara jauzi egiteko garaia heldu da, eta denok egin dugu jauzi bonba erara, ahalik eta gehien zipriztinduz.

Egun osoa pasa dezakegu uretan sartuta, jolasean, gauzak hondora botatzen eta bilatzen, uretan txipli-txaplaka eta plisti-plastaka, helduen sorbaldetara igotzen, jauzirik onena edo dibertigarriena nork egingo lehiatzen...

—Neska-mutilok, jatera! —esan digute gurasoek oihuka eskuoihaletatik.

Zeinen azkar pasatzen den denbora! Orain, jan egin behar dugu, eta digestioa egin ondoren uretara itzuliko gara (digestioa egiten behartzen gaituzte; esaten dute gure hobe beharrez dela).

Bazkaria egundokoa da. Izan ere, leku bigunean jarri gara, belarretan, eta eskuoihalak elkarren ondoan ipini ditugu, tarterik utzi gabe, denok batera jateko. Gainera, ogitartekoez gain, batzuek patata frijituak, tipulatxoak eta olibak ere ekarri dituzte.

Jan ondoren, itxaron egin behar dugu, uretara berriro sartu aurretik, eta beraz, hauxe da magia egiteko unerik aproposena. Materiala ateratzen hasi naiz, eta jada adi-adi begira ditut denak inguruan.

Bizkar-zorroa hartu, eta material batzuk ateratzen hasi naiz: kartoi mehe zuri bat, karta baten neurrikoa, eta koloretako pintura batzuk. Eta eskuoihalaren gainean jartzen hasi naiz, eta aldi berean, esan diet lagunei kartoi mehe zuria hartu eta denen artean marrazki bat egiteko hortxe.

Orduan, gurasoetako bat inguratu zait eta zera esan dit:

—Aizu, Xama, parte har dezakegu triki-mailuan?

—Jakina! —erantzun diot, eta hurbiltzeko esan diot, kartoi mehe zurian marrazkia egiten laguntzeko.

Laster amaitu dute marrazkia eta, hainbeste eskuren artean egina izateko, oso ondo geratu zaie: txotxongilo bat marraztu dute, kolore askotakoa. Burua urdina, beso bat laranja, bestea gorria, gorputza morea, hanka bat horia eta bestea berdea. A zer artista taldea!

Marrazkia amaitu ondoren, sei kartoi mehe zuri eman dizkiet, marrazkidun kartoi mehearen neurrikoak sei-seiak, eta denak nahasteko esan diet: sei kartoi meheak eta marrazkiduna. Zazpi kartoi mehe guztira.

—Tira, orain, jarri kartoi mehe guztiak eskuoihal gainean, lerro batean, marrazkiduna gora begira; hau da, egin duzuen marrazki ederra ikusteko moduan. Orain, agindu batzuk emango dizkizuet, ea zer gertatzen den...

Lehenbizi, erreparatu non dagoen kartoi mehe marrazkiduna lerroan; zenbatgarren posizioan, alegia. Orain, marrazkidunaren eskuinaldean edo ezkerraldean dagoen kartoi mehearen tokian jarri behar duzue, marrazkidunaren posizioak adierazi adina alditan, ezkerretik zein eskuinetik hasita. Esate baterako, marrazkidun kartoi mehea ezkerretik hasita hirugarren posizioan badago, hiru aldiz ordezkatu beharko du bere aldameneko (ezkerreko nahiz eskuineko) kartoi mehea. Baina nahiago baduzue eskuineko posizioa hartzea erreferentzia bezala, arazorik ez. Orduan, eskuinetik hasita, marrazkiduna bosgarren posizioan dago. Beraz, bost aldiz hartu beharko du bere aldameneko (ezkerreko nahiz eskuineko) kartoi mehearen tokia. Gero, mugitu marrazkiduna beste bi aldiz, marrazkidunaren eskuinaldean edo ezkerraldean dagoen kartoi mehea ordezkatuz.

Ni lagunei bizkarra emanda nago, hau da, beste aldera begira. Argi eta garbi erakusteko hemen ez dagoela inolako tranparik. Orduan, esan diet:

—Uste dut izkinetan ez dagoela kartoi mehe marrazkidunik. Hortaz, kendu izkina bakoitzean dagoen lehen kartoi mehea.

Izkinetako kartoi meheak kendu ondoren, esan dut:

—Mugitu marrazkiduna hiru aldiz, nahi duzuen aldera. Ongi da. Iruditzen zait orain ere ez dagoela izkinetan. Hortaz, kendu izkina bakoitzean dagoen kartoi mehea. Orain, mugitu marrazkia, behin bakarrik, gura duzuen aldera...

Uste dut ez dagoela ezkerreko izkinan. Hortaz, kendu ezkerraldean dagoen lehen kartoi mehea.

Amaitzeko, mugitu marrazkiduna beste
 behin. Azken mugimendua izango da hau.

Mmmm... nire sentsore magikoak esaten dit oraingoan kartoi mehe marrazkiduna alde batera joan dela. Hain zuzen ere...

...ESKUINERA!

Tatxaaaan!!! Horra hor magia beste behin ere!

—Harrigarria! Nola da posible?

Zur eta lur geratu dira denak, hau benetako magia baita!

Magia egin ondoren, igerilekura sartu gara berriro, hain dago bainurako giro ona! Eta gero, izozki bila joan gara, arratsaldea biribiltzeko.

Roberrek, igerilekuan duen dendan sartu garenean, zera esan dit:

—Azkenean ikusten zaitut, Xama. Duela egun batzuk ohar hauxe utzi zidaten zuretzat.

Ezin dut sinetsi. Beste bat! J.A. inizialak

dituen pertsona horrek ni aurkitzeko gogo handia du, antza. Zertarako, baina? Zer ote da esan behar didan kontu garrantzitsu hori?

Roberri galdetu diot ea pertsona hori nolakoa den, eta esan dit ez zuela ikusi, goiz batean ate azpian aurkitu zuela oharra eta gutun-azalean «Xamarentzat» jartzen zuela.

Papera zabaldu dut. Barruan zera jartzen du:

«Xama, zerbait izugarria gertatu da,
eta zuk baino ezin duzu konpondu. J.A.».

Intriga gero eta handiagoa da. Sekulako gogoa dut ohar horiek zergatik jasotzen ditudan jakiteko. Eta are gogo handiagoa oharrak uzten dizkidan mamu hori, inork ikusi ez duen ezezagun hori, nor den jakiteko!

Herrian paseatzen

—Otsoko, bagoaz paseoan? —galdetu diot.

Gaur ere eguraldi ona daukagu, eta kalean giro denez, buelta bat emateko gogoa piztu zait.

Beste askotan bezala, oraingoan ere iruditu zait Otsokok ulertu egin duela esan diodana. Izan ere, paseoarena entzun bezain laster, uhalaren bila joan da lasterka. Beraz, uhala jarri diot eta herrian buelta bat ematera joan gara.

Ez dakit nire herrian bakarrik gertatzen den, edo herri guztietan, baina hemen adinekoak beti egoten dira beren etxe aurrean eserita, aurretik pasatzen direnekin edo auzokoekin hizketan.

Niri beti galdetzen didate –auzoko batek ez bada, besteak– ea noren iloba naizen.

—Kaputxinoena —erantzuten dut beti, herrian izen horrekin baitira ezagunak nire aitatxi-amatxiak.

Hemen ez dago atalondorik, eta etxe bakoitzean familia bakarra bizi da. Jendeak hanka bat izan dezake etxe barruan, eta bestea kanpoan. Hirietan, ordea, hori ezinezkoa da, eraikin bakoitzean hainbat familia bizi dira eta. Hemen jendea kaletik oso hurbil bizi da, eta horregatik dago hainbeste jende kalean.

Paseatzen ari garela, jendeak gurasoen berri galdetu dit. Izan ere, hemen denok ezagutzen dugu elkar. Eta adinekoek tartetxoak bilatzen dituzte, herrira udan bakarrik joaten garen lagun eta senideoi bisita egitera joateko. Tamalez, herria urruti samar dago bizi garen lekutik; bestela, hemendik gertu bizi den jendeak egiten duen bezala, ia astero etorriko ginateke.

—Xama, Xama! —entzun dut urrunean.

Burua jiratu, eta pertsona bat ikusi dut, niri deika eta eskuarekin keinuak egiten. Pertsona horren ondoan beste bat dago, eserita. Badakit ezagutzen ditudala, haien aurpegiak ezagun egiten zaizkit-eta. Baina ez dakit nor diren. Hurbildu ahala, kontzentratzen saiatu naiz, gogoratzeko ahaleginak egin ditut, eta haiengana iritsi naizenean... Zazt! Badakit nor diren! Paulen izeba-osabak!

—Zer moduz, Xama? Zenbat denbora ikusi gabe! Zenbat hazi zaren! —esan didate. Herritxoetan esaten dizuten gauza tipikoetako bat da hori, baina izugarri gustatzen zait...

—Oso ongi —erantzun diet—. Paseoan nabil Otsokorekin.

—Ba, aprobetxatu, laster joan beharko duzu-eta berriro eskolara...

Horra hor herritxoetan esaten dizuten beste kontu tipiko bat: laster eskolara itzuli beharko duzula. Baina hori ez zait hainbeste gustatzen... Tira, alde onetik begiratuta –eta gauzei beti begiratu behar zaie alde onetik–, arrazoia dute. Beraz, kasu egingo diet, eta orain arte bezala topera aprobetxatuko dut uda amaitzeko geratzen zaidan denbora.

Hitz egiten hasi gara eta, handik pixka batera, honako hau esan didate:

—Lehengoan, gizon bat etorri zen zutaz galdezka. Berria zen herrian, inoiz ikusi gabekoa, eta esan genion laster egongo ginela zurekin, Paulen bila etorriko zinela jolastera joateko. Orduan, gizonak zerbait idatzi zuen paper batean, eta esan zigun ikusi bezain laster zuri emateko. Hementxe duzu papera.

Oharrean, hauxe jartzen du:

«Xama, denbora amaitzen ari zaigu. J.A.».

Zertarako denbora?

Paulen osaba-izebei galdetu diet ea gizona nolakoa zen, baina esan didate dagoeneko beraiek zaharrak direla horrelako xehetasunei erreparatzeko, eta beraz, jada ez direla gogoratzen nolakoa zen. Gogoratzen duten gauza bakarra da bibote ederra zuela. «Bibotea?», pentsatu dut. «Gazteluan bizarra zuen, baina!».

Haiekin pixka batean hitz egiten aritu naiz, mamu misteriotsu hari buruz gauza gehiago jakiteko, eta gero, Otsokori begiratu, eta esan diot:

—Jarraituko al dugu paseatzen?

Etzanda zegoen, gerizpean, baina hori esatearekin batera, altxatu egin da, zer esaten ari naizen jakingo balu bezala, eta paseatzen jarraitu dugu.

Herriaren amaierara iristean, Otsokori proposatu diot lagunekin elkartu ohi garen parketik pasatzea, norbait ote dagoen ikusteko.

Bingo! Lagun batzuk daude han, hondarrarekin jolasean; izan ere, hondartza hemendik oso urrun dagoenez, parkean hondarrez betetako leku handi bat dago haurrek jolas dezaten. Zabuak ere hondar gainean daude, eroriz gero minik ez hartzeko.

—Kaixo! Zer artelan mota egiten ari zarete? —galdetu diet.

—Hondarrezko gaztelu bat egiten ari gara —erantzun didate.

Eta orduan, Marta altxatu egin da, eta iturrira joan da ur bila, hondarra gogortzeko eta eraikitzen ari diren gaztelu ederra sendoagoa izateko.

—Laguntzarik nahi? —galdetu diet.

—Ez, lasai. Martak ekarriko duen urarekin amaituko dugu gaztelu hau —erantzun didate—. Gustatzen gure artelana?

—Ikaragarri! Ez zarete edonolako artistak, gero!

—Eta gure arteaz arduratu zarenez, zer berri, ba, zureaz? Animatuko al zinateke guri magia-trikimailu bat egiten, gaztelua amaitu dugula ospatzeko? —galdetu dit Aitorrek.

—Jakina! —erantzun dut—. Ea zuei hareazko gaztelua bezain ondo ateratzen zaidan... Hondar artean gaudenez, hondarra erabiliko dugu magia-trikimailua egiteko. Lehen hamasei zenbakiak idatziko ditugu harean, lau lerro eta lau zutabetan.

Honelaxe:

1	2	3	4
5	6	7	8
9	10	11	12
13	14	15	16

—Idatzi al dituzue zenbakiak? —galdetu dut ozen.

—BAI! —erantzun dute.

—Ba, orain, aukeratu 16 zenbaki horietako bat, nahi duzuena, eta ezabatu lerro berean eskuinean eta ezkerrean dauden zenbaki guztiak. Gero, ezabatu zutabe berean goian eta behean dauden zenbaki guztiak. Hortaz, lerro bereko 3 zenbakiak eta zutabe bereko 3 zenbakiak ezabatuko dituzue. Baina, jakina, zenbaki desberdinak aukeratu dituzuenez, zenbaki desberdinak ezabatu dituzue. Orain, beste zenbaki bat aukeratuko dugu, eta lehen egin duguna egingo dugu berriz, hau da, aukeratu duzuen zenbaki horren lerro berean eskuinean eta ezkerrean dauden zenbaki guztiak ezabatuko ditugu, eta gero, zutabe berean goian eta behean dauden zenbaki guztiak. Tira, azken aldiz egingo dugu. Prest al zaudete? Gelditzen zaizkizuen zenbakietatik, aukeratu beste zenbaki bat, eta ezabatu lerro berean dauden 3 zenbakiak eta zutabe berean dauden 3 zenbakiak. Orain lau zenbaki geratzen zaizkigu. Amaitzeko, egin batuketa gelditu zaizkizuen 4 zenbaki horiekin. Nahi baduzue, buruz egin dezakezue batuketa, edo bestela, hondarretan egin dezakezue, hatza arkatz gisa eta hondarra orri gisa erabiliz. Amaitu al duzue? —galdetu diet azkenik, batuketa egin dutela ikustean—. Ederto! Orain arteko aukeraketa guztiak zeeuk egin dituzue, baina orain nire txanda heldu da. Eta neuk esango dizuet zer zenbaki atera zaizuen:

34!

—Hori da marka, hori! Nola jakin duzu?

—Magiaren bidez! Eta zeuek ere egin dezakezue, adierazi ditudan urratsak ondo eginez gero!

Urtebetetzea

Gaurkoa egun berezia da, nire lehengusina Malenen urtebetetzea da eta. 10 urte beteko ditu, eta beraz, festa bat antolatu behar dugu. PRIMERAN!!!

Festa arratsaldean izango denez, goiz osoa dugu prestatzeko. Dena den, nire izeba Estik dena pentsatuta dauka dagoeneko (izeba Estik oso ideia onak izaten ditu).

Goizero bezala, Malen lagunekin joan da, eta bazkalordura arte ez da itzuliko. Hortaz, izebarekin elkartu naiz, *urtebetetze-operazioari* ekiteko. Bien bitartean, ama bere azenario-tarta prestatzen hasi da. Ez dago munduan hura baino gozoagorik!

—Xama, hartu argazki hauek eta moztu, mesedez —esan dit konplizitatez.

Malenen argazkiak dira, oso dibertigarriak. Inauterietako argazkiak daude, bai eta elkarrekin egin ditugun festetako argazkiak ere. Batzuetan, txoroarena egiten agertzen gara. Izan ere, izugarri gustatzen zait argazkietan keinu dibertigarriak egiten ateratzea!

Argazki guztiak moztu ondoren, argazki bakoitza kartoi mehe batean itsatsi behar dut, eta gero, sabaiko habeetatik zintzilikatu edo gelako hormetan itsatsi.

Aldi berean, izeba mozorroen osagarriak biltzen ari da, jendeak festan jantz ditzan. Hartara, urtebetetze-festa are dibertigarriagoa izango da! Kapelak, ileordeak, lepokoak, gezurrezko biboteak, betaurreko erraldoiak eta beste hainbat gauza bildu ditu. Margoak ere badaude, nahi duenak aurpegia margotu dezan.

Urte batean, aurpegia zuriz margotuta eta mimo-arroparekin jantzita joan ginen denok. Oso dibertigarria izan zen! Keinuen bidez komunikatu behar genuen elkarrekin. Izan ere, mimoek ez dute hitz egiten: keinuen bidez komunikatzen dira. Barre eta barre aritu ginen!

Izeba dantza-koreografia bat ere prestatzen ari da, arratsaldean entseatu eta festaren amaieran dantzatzeko. Azkeneko aldian, zortzi neska-mutil elkartu ginen dantza egiteko, eta oso ongi gelditu zen. Oraindik ere gogoratzen ditut pauso batzuk.

—Argazkiak, jarrita! —esan diot izebari.

—Oso ongi, Xama. Orain, hartu poltsa horretan dauden txokolatinak eta ezkutatu han-hemenka —esan dit.

Egia da! Askariaren ostean, txokolatinak aurkitzeko jolasa egiten dugu beti. Ni bi aldeetan egon naiz, bilatzen eta ezkutatzen, eta bi-biak gustatzen zaizkit. Oso gogoko dut jendea gora eta behera ikustea, zuk gorde duzun zerbait –inork non dagoen ez dakiena– bilatzen. Txokolatinaren bat topatzea lortzen ez badugu, zantzuak ematen ditugu, eta azkenean, beti aurkitzen ditugu denak. Eta azkenean, denak bildu ditugunean, banatu egiten ditugu. Izan ere, berdin dio zenbat aurkitzen dituzun, dibertigarriena bilatzea eta oso ongi pasatzea da!

Txokolatinak ezkutatzen ari naizen bitartean, kanta bat hasi da.

—Musika ere badugu. Beraz, ia dena dago prest —esan du Estik.

Zeinen azkar pasatu den denbora! Bazkaltzeko ordua da dagoeneko! Gaur Malenen urtebetetzea denez, familiako kide guztiok elkarrekin bazkalduko dugu. Hartara, Malenen lagunak datozenean, super festari ekiteko moduan egongo gara!

Malen izan da bazkaltzera etortzen azkena. Jakina, denak aritu zaizkio zoriontzen, eta berandu etorri da. Iritsi bezain laster, gerturatu eta paper bat eman dit.

—Zer da? —galdetu diot.

—Ez dakit. Pertsona batek eman dit. Pixka bat misteriotsua zen, eta bazekien zure lehengusina naizela.

—Ez da posible! Zergatik ez da etorri zuzenean, hemen nengoela baldin bazekien? —galdetu diot.

—Esan dit presaka zebilela eta txiripaz ikusi nauela —erantzun dit.

«Mamua berriro agertu da, eta oraingo honetan Maleni agertu zaio», pentsatu dut.

—Eta nolakoa zen? —galdetu diot.

—Ba, ez dut oso ongi ikusi, dena oso azkar gertatu da-eta, baina bisera zeraman, eta betaurreko ilunak, eta atentzioa eman dit zelako papilotak zituen!

Intriga inoiz baino handiagoa da. Pertsona bat baino gehiago ote dira? Ea zer jartzen duen ohar honetan...

«Xama, herritarrek
behar zaituzte. J.A.».

—On egin! —esan du aitak—. Ez dakit nondik hasi, mahaian hainbeste jaki daude!

Denetatik pixka bat jan ondoren, tarta ateratzeko garaia iritsi da, eta Malenek arreta beste nonbait duenez, ez du ikusi tarta badatorrela. Hortaz, aitak argiak itzali, eta amak tarta ekarri du, kandelak piztuta. Eta orduan, denok batera hasi gara abesten...

—Zorionak zuri, zorionak zuri, zorionak Malentxu, zorionak beti!

Fuuuuuuuuuuu, Malenek putz egin, eta 10 kandelak itzali ditu aldi berean.

—Eskatu al duzu desira? —esan du amonak.

—Horixe egin dut lehenengo-lehenengo —erantzun du.

Eta barrez hasi gara denok.

—Zeinen goxoa ateratzen zaizun tarta, ama! —esan dut ozen, bi zatirekin aski

ez eta gelditzen zen azken zatia jan dudanean.

—Tira, Xama, orain opari berezi bat espero dut zugandik. Oparituko al zenidake zure magia-trikimailu horietakoren bat? —galdetu dit Malenek.

—Jakina! —erantzun diot irribarrez.

Orduan, helduek kafea edaten amaitu bitartean, jangelan zegoen mahaietako bateko tiradera zabaldu, eta zortzi orri zuri eta arkatz bat atera ditut.

—Eman dizkizuedan zortzi orri horietako batean denon artean adostutako hitz bat idaztea nahi dut, beste zazpi orrietatik

Zorionak!
10

bereizi ahal izateko —azaldu dut, orriak banatzen amaitzearekin batera.

Gutxi gorabehera minutu bat pasatu denean, zera galdetu diet:

—Idatzi al duzue?

—Itxaron, oraindik ez dugu hitza erabaki... —esan du Malenek.

—Letra ederrez idatzi, Malen, zu artista zara eta! —esan du amonak.

Egia da Malenek oso ongi marrazten duela. Azkenean berak idatzi du hitza, letra dotorez idatzi ere!

Amaitu duenean, Malenek bere papera erakutsi digu denoi: «ZORIONAK!».

—Oso hitz aproposa aukeratu duzue opari magiko hau osatzeko! —esan diet esker onez—. Orain, gelako beste muturrera joango naiz, egingo duzuena ez ikusteko. Badakizue, tranparik ez! Prest zaudete hurrengo pausoa emateko?

—Bai, irrikan gaude!

—Orduan, jarri zazpi orriak eta hitza idatzita duena elkarrekin. Hitza duenak gorantz begira egon behar du, hau da, ZORIONAK! irakurtzeko moduan. Eta ongi nahasi 8 orriak.

Orain bi multzo egingo dituzue. Hortaz, lehen orria jarriko duzue multzo bat egiteko, eta bigarrena beste multzoa egiteko. Jarri hirugarren orria lehen multzoan, laugarrena bigarrenean, eta horrela hurrenez hurren, denak jarri arte. Erreparatu bi multzoetako zeinetan jartzen duzuen hitza duen orria!

Hartu hitza dagoen multzoa bi eskuekin eta nahasi. Gero, utzi mahai gainean, eta hitza ez dagoen multzoa hartu, eta hitza dagoen multzoaren gainean jarriko duzue.

Orain, berriro banatuko ditugu orriak bi multzotan. Hortaz, lehen orria jarriko duzue multzo bat egiteko, eta bigarrena beste multzoa egiteko. Hirugarrena lehen multzoan jarriko duzue, laugarrena bigarren multzoan, bosgarrena lehen multzoan, eta horrela hurrenez hurren, zortzi orriak jarri arte. Erreparatu ongi bi multzoetako zeinetan dagoen hitza duen orria!

Hitza EZ dagoen multzoa hartu, nahasi eta hitza dagoen multzoaren gainean jarriko duzue.

Orriak oso nahasita daude dagoeneko, eta ni gelaren beste muturrean nago, zuen orri-mugimenduak ikusi ezinik. Edonola ere, magiaren laguntzaz trikimailua ezin hobeto aterako da! Orain, hartu orri guztiak eta egin bi multzo. Lehen bezala, lehen orria erabili behar duzue lehen multzoa hasteko, eta bigarren orria bigarren multzoa hasteko. Hirugarren orria lehen multzoan jarri behar duzue, laugarrena bigarrenean, bosgarrena lehenengoan, seigarrena bigarrenean, zazpigarrena lehenengoan, eta, azkenik, zortzigarrena bigarren multzoan.

Jarri hitza EZ dagoen multzoa hitza dagoen multzoaren gainean, eta eman buelta zortzi orriei aldi berean.

Azkenik, hartu orri guztiez osatutako multzo hori. Orain, denok itxiko ditugu begiak (zuk, liburua irakurtzen ari zaren horrek, irakurtzen jarrai dezakezu, magiatrikimailu zoragarri honen lekuko zuzena izan zaitezen).

Orain, hartu goian dagoen orria, ukitu leunki baina begiratu gabe eta... baztertu egingo duzue, hor ez dagoelako hitza idatzita!

Ondoren, ukitu goian dagoen hurrengo orria, begiratu gabe.

Mmmmmm... kanpora! Hori ere baztertu egingo duzue!

Eta orain, goian dagoen hurrengo orria ukituko duzue, aurreko biekin egin dugun bezalaxe. Hara! Hau ez da besteak bezalakoa. Zerbait berezia dauka. Mesedez, zabaldu begiak eta begiratu orriari.

—Oooo... besteak bezain zuria da, ezta?

—galdetu dut.

Baietz erantzun dute denek, ahots tristez...

—Ba, eman buelta orri horri, eta irakurri ozenki Maleni gaur guztiok bihotz-bihotzez opa dioguna:

ZORIONAK!!!

Herriko jaiak

Egun alaiak eta tristeak datoz aldi berean. Izan ere, herriko festak hasiko dira. Guk ongi pasatzen dugu beti gure artean, opor-egunak zoragarriak direlako. Baina jaiak hasten direnean, egunak are zoragarriagoak izaten dira! Jaietan hainbat ekitaldi egoten dira. Esaterako, gauero musika-taldeak etortzen dira, eta herriko plazan jotzen dute. Haurrentzako egun bat izaten da: jolasak eta gaztelu puzgarriak egoten dira, bai eta puxika-gerra bat ere, urez betetako puxikekin. Herri-bazkaria ere egiten da, eta herriko guztiok biltzen gara. Lehiaketak egiten dira, hala nola patata-tortilla lehiaketa, petanka-lehiaketa (petanka bolo-jokoaren antzekoa da) eta mozorro-lehiaketa. Eta herri-lasterketa bat ere egiten da herrian barrena, eta kilometro gutxikoa denez, jende askok hartzen du parte.

Baina egun tristeak ere badira. Zergatik? Bada, herriko festak amaitzen direnean, uda ere amaitzen delako. Eta hemengo lagunei agur esan, eta hirira joan beharko dut berriro. Alde batetik, hango lagunak ikusteko gogoa dut, baina bestetik, hemen izugarri ongi pasatzen dut... Herrian, kalean egon gaitezke, eta oso eguraldi ona egiten du. Etxeko atea kaleko atea ere bada. Hortaz, pauso bat eman, eta kalean zaude. Eta gainera, hemen ez dabil hirian adina auto.

Baina, tira, orain primeran pasatuko dut nire hemengo lagunekin herriko jaietan, eta gero, primeran pasatuko dut nire hango lagunekin!

Parkera iristean, beti bezala, lagunetako batzuk han dira. Oraingoan, ni iritsi eta denbora gutxira, falta zirenak iritsi dira. Gaur, jaiei buruz aritu gara hizketan. Hemen, ohitura da egun hauetan lagun guztiek kamiseta berdina janztea. Gurea urdina da, eta lagun guztien izenekin apain-
tzen dugu. Beste kuadrilla batzuek marrazkiak dituzte kamisetan, edo letrak itsatsita, baina guk ez. Izan ere, dibertigarriagoa iruditzen zaigu guk geuk margotzea. Horrela, kamiseta bakoitza bakarra eta desberdina da: bakoitzak bere ukitua ematen dio. Dena den, gure kamiseta guztiek dute kolore urdin berbera.

Jaietako egitaraua goitik behera begiratu eta zer ekitalditara joango garen pentsatu ondoren (jarduera asko daudenez, oso zaila da denetara joatea), herriko plazara joatea erabaki dugu. Han, hemendik gutxira, norbaitek pregoia emango du: pregoia jaien hasierako hitzaldi laburra da, eta urtero pertsona desberdin batek ematen du, baina betiere herrian ezaguna den norbaitek. Urtero bezala, herria oso ondo girotuta dago: apaingarriak daude kaleetan alderik alde, panpinak faroletatik zintzilik eta abar. Hortxe daude, urtero bezala, txurro-postua eta bi atrakzio: bata ohe elastikoa da, eta bestea, jostailuzko eskopetekin txotxak apurtzeko postua.

Horrez gain, herria kolorez betetzen da. Izan ere, jende guztiak soinean darama bere lagun taldearen kamiseta. Kolore askotako kamisetak daude: arrosak, zuriak, berdeak, laranjak, gorriak... Urdinak gailentzen dira, baina denak ez dira berdinak. Batzuk urdin argiak dira, eta beste batzuk, urdin ilunak. Gureak, berriz, ez bata ez bestea. Zeruaren kolorekoak dira.

Plazara iritsi, eta poliki-poliki betetzen ari dela ikusi dugu. Bat-batean, esku bat nabaritu dut sorbaldan.

—Xama, azkenean aurkitu zaitut! —esan dit ahots ezezagun batek—. Ohar pila bat utzi dizkizut leku guztietan. Zure laguntza behar dugu berehala. Oraindik garaiz gabiltza esku artean dugun arazo larria konpontzeko.

Aurrez aurre, pertsona burusoil bat dut. Ez du ez biboterik, ez bizarrik, ezta belarrondoko papilotarik ere. Haren deskribapena ez dator bat eman zizkidaten deskribapenetako bakar batekin ere.

—Nor zara zu? —galdetu diot—. Zoratu egin naiz nor ote zinen jakin nahian, baina oharrak jaso dituztenek emandako zantzuek kontraesankorrak ziren guztiz: orain bizarra, gero bibotea...

—Barkatu, Xama. Arrazoi duzu. Lehenbizi, neure burua aurkeztuko dut. Patxi dut izena, eta aktore gisa egiten dut lan. Horregatik, mozorro ugari jantzita ibiltzen naiz. Orain, antzezlan bat ari gara entseatzen, hemendik gutxira estreinatuko duguna, eta hor hainbat pertsonaiaren papera antzezten dut.

Orain ulertzen dut! Horregatik zeneraman batzuetan bibotea eta beste batzuetan bizarra, tunika edo bisera!

—Baina oharrak utzi dizkidanak J.A. sinatzen zuen, eta zuk Patxi izena duzula esan didazu, ezta? —galdetu diot.

—Bai, Patxi dut izena. Baina herrira iritsi berria naiz. Jaiak antolatzeko batzordean nabil, eta horregatik jartzen nuen J(ai).A(ntolatzailea).

«Hara, beste zalantza misteriotsuetako bat argituta!», pentsatu dut.

Normala da inork ez ezagutzea: herrira iritsi berria da, eta gainera, beti dabil presaka, antzezlanerako entseatu beharraren beharrez.

—Esan zer gertatzen den. Zergatik utzi dizkidazu hainbeste ohar, hain mezu presazkoekin?

Serio-serio erantzun dit:

—Kontua da pregoia eman behar zuen pertsona gaixotu egin dela eta ezin dela etorri, eta zera bururatu zaigu: magia egiten badakizunez, aurtengo pregoia zeuk eman zenezakeela magia-trikimailu baten bidez.

Iruditu zait bihotza gelditu egin zaidala bat-batean. Magia egin herri osoarentzat? Nik ez dut inoiz magiarik egin hainbeste lagunentzat!

—Tira, Xama, animatu, artista zara-eta magia egiten. Baina oraintxe izan behar du! Plaza osoa dugu begira... —esan du Patxik.

Ai ene! Ez dakit zer erantzun. Alde batetik, egin nahi dut, zerbait berria delako, eta gainera, herri osoarentzat. Baina bestetik, izugarrizko beldurra ematen dit agertoki batean egoteak hainbeste lagunentzat magia egiten. Eta ez dut ezer prestatu aurretik...

Lagunak ni animatzen hasi dira, eta aldi berean, eskuekin bultzaka hasi zaizkit oholtzako eskaileretarantz. Herriko alkatea hortxe dago, zain eta larri.

—Kaixo, Xama, guri laguntzeko prest? —galdetu dit.

—Bai... —esan diot, ahotsa dardarka dudala.

—Irten horra, eta egin hainbeste aldiz egin duzun trikimailu horietako bat. Bikain aterako zaizu! —esan dit, ni pixka bat lasaitu nahian.

Orduan, alkatea eskaileretara igo, eta mikrofonora gerturatu da.

—Arratsalde on, herritarrok! —hasi da esaten—. Gaur hasten dira gure herri maite honetako jaiak, eta horretarako, beti bezala, pertsona garrantzitsu bat izango dugu jaiei hasiera emateko. Aurten, hori egin behar zuen pertsona gaixotu egin da, eta gaur ezin da gure artean egon, baina lasai: hemendik urte batzuetarako pentsatua genuen beste pertsona garrantzitsu bat daukagu hemen gurekin, eta aurtengo pregoia berak emango du. Gainera, aurtengo pregoia desberdina izango da. Berezia. Etor dadila, ba, gure aurtengo pregoilaria: XAMA!!! Txaloz har dezagun!

Nire bihotza, lehen gelditu zela bazirudien, orain taupadaka hasi da, gogor-gogor eta azkar-azkar.

—Xama, igo hona! —oihukatu du alkateak.

Eskailerak igotzen hasi naiz, poliki-poliki. Lagunak txaloka eta animatzen hasi dira.

—Eutsi horri, Xama, bikain egingo duzu eta! —esaten didate.

Mikrofonora iristean, herri osoari begira gelditu naiz. Jendea ere txaloka eta nire izena oihukatzen hasi da. Arnasa sakon hartu dut, eta orduan lasaitzen hasi naiz. Ez da inor falta herriko plazan. Denak ezagutzen ditut: Otsokorekin paseatzera joan nintzenean ikusitako pertsonak, igerilekuan eta parkean zeudenak, jolastera joan garenetan ikusitakoak, nire gurasoen lagunak, egunero ikusten ditudan pertsonak... Orain, ordea, denak batera daude, herriko plazan, magia-trikimailu bat ikusteko zain, jaiak hasteko zain. Nire familia ere ikusi dut; gurasoak elkarri besarkatuta daude: aitak amaren sorbaldaren gainean du eskua, eta amak aitaren gerriaren inguruan. Aitatxi-amatxiak ere hor daude, guztiz hunkituta.

Une hau zeinen garrantzitsua den konturatu naiz oraintxe. Pertsona ezagun horientzat guztientzat magia-trikimailu bat egingo dut, eta horren bidez, urteko egun garrantzitsuenak hasiko dira herrian. Horretan pentsatzeak lasaitu egiten nau, ziurtasuna ematen dit. Orduan, buruari buelta pare bat eman, eta... zazt!, ideia on bat bururatu zait! Badakit zer trikimailu egingo dudan. Bai, Pedro Alegria nire Matematikako irakasle handiak irakatsitako bat (udan zehar egin ditudan trikimailu gehienak hark irakatsitakoak dira). Haren eskolak izugarri gustatzen zaizkit, Matematika jolastuz ikasten dugulako. Berak badu liburu bat idatzita, *Magia printzipioz printzipio* izenekoa, eta liburuko atalak irakurtzen dizkigu. Bertan, magia eta Matematika elkartzen ditu, eta oso emaitza ederra ateratzen zaio.

—Arratsalde on! —esan dut mikrofonotik.

Hori esatearekin batera, jendea are gogotsuago hasi da txaloka, eta egia esan, ez dakit zergatik, oraindik ez baitut ezer egin...

Alkatea mikrofonora gerturatu da, eta

esan du:

—Tira, tira, utz diezaiogun Xamari bere pregoi magikoa egiten, eta gero joko diogu txalo...

Esan eta egin. Denek utzi diote txalo egiteari, argi adieraziz nire txanda heldu dela.

—Ea ba! Orain, zuen sakelakoak hartzea nahi dut. Sakelakorik ez duzuenok gerturatu sakelakoa duen norbaitengana. Sakelakoa eskuan duzuenean, zenbaki bat idatziko duzue, nahi duzuena, zeuek nahi duzuen adina zifra dituena. Kalkulagailuan idatz dezakezue, oharretan edo zeuek nahi duzuen lekuan. Pentsatu eta idatzi.

—Idatzi al duzue jada?

—Baaaaai! —esan dute batzuek, baina hainbeste jende dagoenez, ez dakit zenbat izan diren. Apur batean itxaron dut.

—Tira, ba! Guztiok idatzi duzue zenbakia? Gogoratu edozein zenbaki izan daitekeela, laburra zein luzea.

—Baaaaaaaaiii!!! —oraingoan gehien-gehienek erantzun dute aho batez. Orduan, aurrera egin dut.

—Orain, idatzi beste zenbaki bat azpian, baina neuk esango dizuet zenbaki hori nondik atera. Bigarren zenbaki horren lehenengo zifra izango da asmatu duzuen zenbakiaren zifra guztien batuketa. Bigarren zifraren lekuan idatziko duzue asmatu duzuen zenbakiak daukan zifra bakoitien kopurua. Eta hirugarren zifra izango da asmatu duzuen zenbakiak daukan zifra bikoitien kopurua. Gogoratu 0 zifra bikoitia dela.

Laburbilduz, zifren guztizkoarekin, zifra bakoitien guztizkoarekin eta zifra bikoitien guztizkoarekin, bakoitzari zenbaki bat aterako zaizue. Aurrera egin baino lehen, errepasatu ondo, zenbakiren batekin erratuz gero, emaitza okerra izan daiteke-eta.

Orain, gauza bera egingo dugu atera zaigun zenbakiarekin. Behean, lehenbizi, guztira zenbat zifra dauden jarriko dugu, eta gero, guztira zenbat zifra bakoiti eta bikoiti dauden.

Eta hori egiten jarraituko dugu, harik eta zenbaki berria aurrekoaren berdina izaten hasten den arte, hau da, aurreko zenbakiaren zifra kopurua, zifra bakoitien kopurua eta zifra bikoitien kopurua elkartuta ateratzen zaigun zenbakia aurreko emaitzaren berbera den arte.

Isiltasuna da nagusi. Ikusgarria! Denak ari dira buru-belarri nik esandakoa egiten.

Tartetxo baten ostean, isiltasuna etetea erabaki dut.

—Iritsi al zarete amaierara? —galdetu dut, oraingoan ahots ozen eta ziurrez.

—BAAAAIIIIIII! —erantzun dute denek.

—Ba, orain, gaur eta hemen, zuon guztion aurrean, esan egingo dizuet zer zenbaki atera zaizuen!!! —gero eta ziurrago ari naiz, gero eta lasaiago.

—Hori ez da posible! —esan du batek—. Zenbaki desberdinak jarri ditugu denok! Nik, adibidez, 14 zifrako bat idatzi dut, kar-kar!!!

—Ezinezkoa dirudi. Horretan ados nago zurekin —egin diot aurre—. Baina magia zeozergatik da magia, ezta? Magiaren bidez ezinezko diruditen gauzak lortzen ditugu. Batez ere, benetako magia bada. Eta nire magia horrelakoxea duzue.

Jendea mututu egin da. Nik uste dut ez daukatela argi ondo aterako ote zaidan.

JON!
ANA
marta
nagore
IRATI
aitor

Batzuk, gainera, erridikulo galanta egingo dudala pentsatzen hasita egongo dira honezkero. Noiz eta pregoiaren une berezi-berezi honetan...

—Ondo da! Hitzez ez zaitut konbentzituko, eta ea zenbakiz konbentzitzen zaitudan. Ea gauza naizen magiaren indarra guztioi erakusteko. Orain, banan-banan esango ditut atera zaizuen zenbakiaren zifrak. Ordenan, gainera! Prest...?

—BAAAAIII!!! —esan dute guztiek, bai sinestunek, bai sinesgabeek.

—Ba, lehenengo zifra HIRUA da!

—Egia! Bai, hori da! Nirea ere bai! —xurrumurruka hasi da jende guztia.

—Bigarren zifra BIA da!!!

—Halakorik ere! Horixe bera da! Nirea ere bai! Nola liteke?

—Eta hirugarrena.... —isiltasuna apur bat luzatu dut, suspenseari eusteko.

—Hirugarrena BATA da. Beraz, zenbakia da: HIRU, BI eta BAT. Hirurehun eta hogeita bat!!!

—Harrigarria! Asmatu egin du! Banengoen, ba, Xamak ez zuela huts egingo!!!

Orduan jo didaten txalo zaparrada luzea ez daukat ahazteko. Hunkitu egin naute! Begiak busti eta guzti egin zaizkit!!! Txalohotsa baretu denean, mikrofonoa eskuan hartu, eta barru-barrutik, hauxe atera zait:

—Eskerrik asko bihotz-bihotzez! Maite-maite zaituztet!!!

Eta barrua pixka bat lasaitu ondoren, burura etorri zait zertarako nengoen han. Orduan, biriketako aire guztia bildu, eta hauspo betean oihukatu dut:

HAS DAITEZELA MUNDUKO JAIRIK ONENAK!!!

Eranskina

Eranskin honetan aurkituko duzu Xamak bere herri magikoan bizi izandako abenturetan egindako magia-trikimailuak familiarekin edota lagunekin egiteko behar duzun guztia.

Jatorria Europarrak

Jatorria
Asiarrak

Jatorria
Afrikarrak

Jatorria
Amerikarrak

1.
DANTZAGUNEA

2.
DANTZAGUNEA

Kuadrilla eta txokoa

Gaztelua

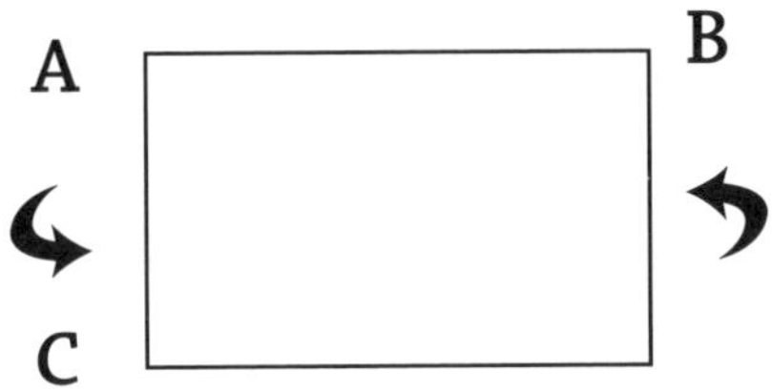

Hartu A eta B izkinak eta tolestu orria erditik. Hori egin ondoren, tolestu berriro, aurrerantz eta atzerantz.

Jarri orria hasieran zegoen bezala, eta egin lehen egindako bebera A eta C izkinekin.

Marrazki honetan lerro etenak dauden lekuetan, tolesturek gelditu behar dute orrian.

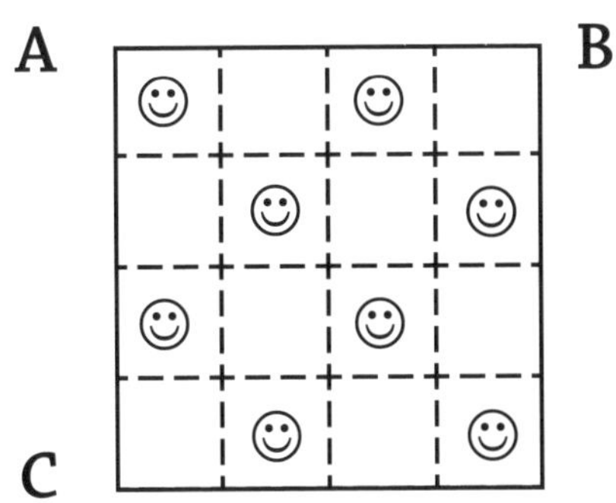

Marrazkiaren aurrealdean eta atzealdean, egin zeuk nahi duzun marrazkia, irribarretxo batekin markatutako laukietan. Adibidez, liburu honetako "GAZTELUA" atalean izarrak marraztea proposatu dugu, gaiaren harian egokiena zelakoan.

Orria prest dago!

Orain, tolestu orria nahi duzun bezala, lauki bat gelditzen den arte. Lauki hori zuri egon daiteke edo zeuk egindako marrazkiarekin apainduta.

Heldu baten laguntzarekin, moztu gelditu zaizun laukiaren lau aldeak (indarra eta trebezia behar da orri multzo horren ertzak ongi mozteko).

Jarri banan-banan mahai gainean, kontuan hartuz zer ordenatan dauden eskuan dituzun papertxoak.

Iturri magikoa

Herrian paseatzen

Zenbait aukera

1	2	3	4
5	6	7	8
9	10	11	12
13	14	15	16

Emaitza: 34

1	2	3
4	5	6
7	8	9

Emaitza: 15

1	2	3	4	5
6	7	8	9	10
11	12	13	14	15
16	17	18	19	20
21	22	23	24	25

Emaitza: 65

Herriko jaiak

(Adibidea)

Zenbaki luze bat:

733746564739283

Zifra kopurua guztira: 15

Zifra bakoitien kopurua: 9

Zifra bikoitien kopurua: 6

1596

Zifra kopurua guztira: 4

Zifra bakoitien kopurua: 3

Zifra bikoitien kopurua: 1

431

Zifra kopurua guztira: 3

Zifra bakoitien kopurua: 2

Zifra bikoitien kopurua: 1

321

Zifra kopurua guztira: 3

Zifra bakoitien kopurua: 2

Zifra bikoitien kopurua: 1

321

Aurkibidea

Liburu polit hauxe
amaitu da, kito!
Agian noizbait duzu
berrirakurriko...
Nolanahi haren muina
zugan da betiko,
begiko zaituena
baitutzu **begiko**!